KB247888

오래된 오늘을 걷다

(사)춘천민예총문학협회

시문 동인 6집(2025)

오래된 오늘을 걷다

권산하

김 빈

김종수

김진숙

김해경

김홍주

유정란

유태안

이소원

이정훈

장은숙

정클잎

정현우

제갈양

조현정

최관용

탁운우

달아실

일러두기

보조 용언과 합성 명사의 띄어쓰기 등 본문의 맞춤법은 시인의 의도에 따른 것임.

제6집을 펴내며

작년 10월 제5집을 펴낸 이후 지난 1년 동안,
시 쓰느라 애쓰신 동인들의 노고에 감사드립니다.

우리의 작품들이 중단 없는 좋은 울림이 되어
춘천의 강과 호수에, 산과 들에,
시를 사랑하는 모든 그대의 가슴속에,
한 소절 낭만으로 새겨지길 바랍니다.

시 쓰기를 멈추지 않는 한, 우리는 늘 청춘입니다.

2025년 9월
(사)춘천민예총문학협회장 김종수

차례

오래된 오늘을 걷다

시문 동인들의 시

권산하

(사)춘천민예총문학협회 회원.

사랑

칠흑 속에서
뿌리는 얼마나 휘어지고 꺾어지고 부러지며
전 생애를 한 모금 물에 걸었을까

망부석

열리겠지 손가락 하나 하나 떨어져 나가고
귀 하나 또 떨어져 나가고
수평선 바라보던 눈이 수평선에 풍덩 빠져버리면
가슴에 동공을 만들어 놓고 가버리는 저 바람들
열릴 것이다 온몸이 물처럼 흘러내려 파도에 섞일 때까지

크리스마스

하늘이 꽁꽁 얼어 부서질 것만 같은 날에도 오지 않는 눈이 내릴 것 같고

황량한 들판에 있지도 않은 발자국이 놓일 것 같고

슬픔이 벽을 어루만지며 캐럴을 들려주는 것 같고

촛불은 일렁이며 식탁 위에서 그림자의 손을 잡고 기도하며 밤을 새울 것 같고

가난한 아이와 할머니는 옛날이야기처럼 왔다가 옛날이야기를 거두어 돌아가는 것 같고

신의 눈썹 같은 눈이 창 안을 들여다보며 '너희 마음이 가난한 자여' 입김을 불어 넣는 것 같고

촛불은 꺼질 것같이 꺼지지 않고

무거운 책

어떤 글은 불 꺼진 밤에 읽는다

침 묻은 손으로 더듬으며 꾹꾹 눌러가며
먼지와 소음 내려앉은 어깨의 굴곡을
뭉친 신음을, 오래된 묵은 냄새를 넘긴다

소주병처럼 텅텅 비는 휴일 건너 휴일
옷걸이에 걸린 문장들은 대체로 막막한 길을 탐색하는 중
줄거리 생략한 채 줄지어 굴속으로 가는 문장들
그 가운데를 손톱으로 내리그으면

왈칵 쏟아지는 적막,

무엇이라 말할 수 없는 슬픔 한 장,

장마 끝 모처럼 햇살 드는 날
24시간도 모자라 잠 속에서도 갱도를 파내려가다
나뒹구는 복선 같은 문장들
지금은 택시 운전사가 된 사람의 폐에 와글거린다

잠들지 마라, 깨어 있으라 기침에 섞여
허공에서 반짝이며 박히는 글자들

잦아드는 노래처럼 결말이 궁금한
비 오는 날 방바닥에 엎드려 읽는* 지금도 빗소리 돋는
글들

* 기형도의 「엄마 생각」 차용.

재방송

발톱이 있어 뾰족한 부리가 있어 날개가 있어 육식의 허기가 있어 독수리지요 땡볕의 메마른 땅에 누워 있는 소녀는 그녀의 아버지가 누군지 어머니가 누군지 알지 못해 미동도 없지요 카메라에 눈을 갖다 대고 독수리인지 소녀인지 자신의 깜박이는 눈을 경계하면서 셔터의 속도와 빛의 밝기와 굴절을 계산하는 내내 사진작가는 정물이지요 고요가 들끓는 시간이 순간의 화룡점정을 향해 모여듭니다 소녀와 독수리와 사진작가, 이들을 멀리 오래도록 바라보는 나는 곧 세계이지요 약간의 동정이라도 현대에는 독이지요 올가미에서 해방되지 않는 날들의 세계는 견고합니다,

김빈

2006년 『시현실』로 등단. (사)춘천민예총문학협회 회원, 강원여성문학인협회 회원, 빛글문학 동인, 시집 『시간의 바퀴 속에서』, 『버스정류장에서 널 기다리며 잠든 꽃잠』, 『식물의 감정』

둥글다는 것

별이 떨어지고
수평선 너머 해가 떠오르면
서로 다른 삶을 시작하듯이
달이 적도를 누비듯

위아래 먼저 나중은 의미가 없다
뿔뿔이 흩어졌다가

가족이 있는 울타리 안으로 돌아온다

우린 엄마가 만든 울타리 안에서
울퉁불퉁한 이야기 나누며 둥글어진다

지구가 태양을 돌 듯

엄마의 별자리를 고르다
마지막으로 남기고 간 유언을 천천히 걸으며
눈물 자리도 북극에서 남극으로 옮겨간다
엄마가 우주로 돌아갔듯이

가을 사랑

가을로 가는 길
살며시 스며든 그대라는 빛이여
그 사랑 잃지 않았으면 좋겠어

나는 나무 되고 그대 빛이 되어
그림자 드리운 가지마다 가득

따사로운 빛으로 물들어갈 거야

노을빛에 젖은
시간의 닻을 함께 올리고 내리며
행복을 놓지 않았으면 좋겠어

존재만으로도 모아지는 기운
느낄 수 있다면 더는 바라지 않아
반짝이는 사랑으로 물들어갈 거야

사랑

사랑이란 것이 좋은 것만은 아니더라

푸른 잎일 땐 푸른 줄만 알았는데
붉게 물들어 보니
사랑은 푸르지도 붉지도 않더라

그리움과 아쉬움과 아픔이 있더라

욕심을 내서도 잡으려고 해서도 안 되더라
한 발짝 뒤에서 사랑은
눈먼 길을 아련히 지켜내는 것이더라

파란 장미

잊으라 한다고
사랑이 잊히나요
기다릴게요
사랑의 가시가 있다 해도
에일 듯한 가슴속 당신
지우라 한다고 지워지나요
기억할게요
사랑의 눈물
그 눈물까지도 사랑할게요
수많은 장미 중에 최고는
오직 당신이었음을
사랑이 기적처럼 오네요
먼 길 돌아 사랑 찾아오네요
신비롭고 아름다운 나의 사랑
파란 장미

무죄

0원에서 영원까지

더할 것도 뺄 것도 없이

곱해도 나누어도

사랑은 어찌해도

답이 없는 것이여

고것이 사랑인 것이여

판타지

무엇이 가슴을 뜨겁게 했을까
목마름은 열망이 되고
깊고 짙은 열정은
멍에를 풀 듯
상상 속 판타지를 꿈꾸며~~
한여름 태양과 수음秀吟하는 시가詩歌
탱탱하게 부풀어 가득 차오르면
본능으로 질주하기도 하지

김종수

전 춘천시민언론협동조합 주간신문 '춘천사람들' 이사장. (사)춘천민예총문학협
회 회장. 시집 『들꽃징역』 『엄니와 데모꾼』

장미촌

캠프페이지 앞 소방서 옆 골목 초입새

미군 전용 술집 플라밍고클럽에선
마리화나 연기 몽롱하게 흩어지고
멜라니의 더 새디스트 싱은 흐느끼는데,
춘천 요선동 사창고개 고갯마루로 통하는
긴 터널 같은 그 골목길에 핀 홍등들은
젖고 또 젖는데,

푸르던 인연들 마저 타, 재가 된 장미

체념

말없이
떠나는 뒷모습을 바라보다
달빛 환한 들판으로 가는 것
가서 홀로
반짝이는 풀꽃 하나 오래오래 쓰다듬는 것

폭설

초가지붕에
뒤란 장독대에
탱자나무 울타리에
눈이 쌓이네
굴뚝 연기 피어오르고
밤 부엉이 멀리 우는데
등잔불은 가물가물
두 그림자 포개져 세상사를 지우네
길도 끊긴 산골 오막
동짓날 밤눈이 내리네

늘 청춘

그대 젖가슴 냄새
술잔 속에서 잠들던
그런 봄날 흘러갔지만
그날의 비도 천둥도 빗소리도
술잔에서 맴돌던 뜨거운 입술도
아직 남은 것만 같아서
그대
텅 빌 때까지
빗줄기 속 술잔을 기울이네

어차피 재가 될 몸 다시 타올라야지

장난감 나라

장난감을 잠시 빌려 놀던 한 아이는 돌려줄 시간이 다가오자 부숴버리기로 작정했다

핑계 없는 무덤 없듯이 이유 없이 부숴버릴 수는 없는 법
부숴버릴 핑계를 찾기 위해 10여 명이 모처에 모여 회의를 하고 있었다

평소에 대부 OST를 즐겨 듣던 모 아이도 호출되어 그 자리에 동석했다

한참 후

몇 발의 총성이 울렸다

다행히 장난감은 망가지지 않았고, 다음 아이에게 무사히 인계됐다

김진숙

2009년 『시와 창작』 수필 등단. 2012년 『시현실』 시 등단. 빛글문학 초대 회장 역임. (사)강원민예총문학협회·춘천민예총문학협회 회장 역임. (사)춘천민예총문학협회 회원. 시집 『사람을 생각하는 일』 『비상구 혹은 그늘의 초상』

게발선인장

마른 화분에 되는대로 꽂아놓고
물 한 번 주지 않았다

죽은 듯이 숨죽여 있더니
연초록 줄기 뚫고 빨간 꽃

예쁘다

시린 삶, 늘 거저 채워주는 일상이다

두 꽃송이

벚꽃 흩날리는 교동 골목
두 할머니, 폐지를 두고
한 치의 양보도 없이 악다구니 싸움을 한다
사람 키보다 큰 박스 길가에 내동댕이쳐지고
곤두선 얼굴 핏줄이 터질 것 같은
두 할머니

누가 먼저 손 내밀었을까

다음날 손수레에 폐지 싣다 말고 폐지 위에 앉아
  사이좋게 우유 나눠 마시는 할머니들 위로 봄 햇살이
따숩다

시간의 방

아그작
어둠을 이빨로 깨자
새벽이 화들짝 한다

바닥으로 떨어지는 어둠
조금씩 뜯어 먹는다

엎어져 있던 개가 일어나서
물을 마시자 실내등이 켜진다

나의 잠은 언제나 땅 밑에 있고
빛을 찾아 나선 눈은 탁상 달력을 뜯는다

어스름의 균열을 세며
이불을 걷어찬다

하룻밤에도 몇 번씩 실내등이 꺼졌다 켜지는 것은
끝까지 잘 견뎌보겠다는 결기다

여름

매미가 운다 비가 등 뒤로 내렸고 등 뒤로 매미가 또 운
다 소양5교에서 신북까지 걸었다 비를 먹고 자란 아까시
나무 뿌리가 땅속에 숨을 때 비가 내렸다 그리고 매미가
또 울었다 여름이었고 여름이었다 해 질 무렵 소양강을 바
라보았다 강을 건넜고 비가 올 뿐이고 매미가 울 뿐이다

내가 내 뒷모습을 보고 있다

저쪽 세상

편두통 앓는 밤에 숟가락을 들었다
고양이 울음을 얹어 구겨 넣은 뭇국
명치에 얹힌다

오래도록 별걸 다 기억하는 것이 싫어
이불 위에 시간을 수북이 쌓았고
옹이진 한 남자가 빠져나간
빈 대궁 같은 기운 옆구리
결린다

늦은 밤
즈믄별들 사이로 온몸으로 받아내는
조등으로 걸린 시린 달빛

오늘은
문 열어주려고 해도 손잡이가 없다

김해경

(사)춘천민예총문학협회 회원, 빛글문학 동인, 시집 『오후 네 시의 그라나다』

소낙눈 1

입춘이 지났다
눈이 비처럼 내린다
빗물처럼 스며든다

폭설에 갇힌 내 별이 보석처럼
겹겹 접어놓은 물방울로 말을 걸어온다

슬픔이라는 문이 앞에 있을 때

눈이 먼저 반응해요. 가슴에서 슬퍼해야 한다고 했는데 눈이 먼저 그렁그렁해져요. 마시멜로처럼 말캉하게 말이죠.

건강검진을 받는 날 의사는 나를 옆에 앉히고 빠르게 또박또박 질문하고 네모 칸에 브이 자를 그리더군요. 우울한 감정이 들 때가 있냐고 묻더군요. 삼 초를 생각하고 대답했죠. 네 요즘 가라앉는 감정을 가진 적이 있어요. 검진지에 강조의 표시를 하더군요.

그 감정, 그것이 우울해지는 건가요? 슬퍼하는 것과 우울해지는 것. 대상도 이유도 없는데 자기 연민일까요? 연민은 언제까지 있어야 하는 건가요? 기한이 없는 건가요? 즐기는 건가요? 곧 비가 내릴 거라는 예보처럼 연민은 계속될 거라는 건가요?

비처럼 내리는 독백이 익사 직전까지 차올랐죠.

한때 발라드를 즐겨 들었죠. 나의 사랑을 말해주는 것 같으니까요.

가슴까지 차오른 물은 이해 불가였어요. 물을 신뢰하기에는 부족했어요. 수영을 못 하니까요. 탈출하는 방법은 파도를 타고 밖으로 나오는 거였는데 나는 나를 끌어안고 물속으로 들어가요. 말랑말랑한 노래처럼 비 오는 날을 예상하는 거죠. 노래가 파도를 타고 떠나왔다는 거죠.

구름처럼 떠다니는 슬픔이라는 단어가 때때로 곁에 있다는 겁니다.

소낙눈 2

하얗게 쏟아지는 눈을 맞으며
앞서간 발자국을 따라
눈사람이 될 것처럼 강가를 거닐었지

강물 위로 내리는 눈을
투정 없이 안아주는 강

강가에는 가라앉은 나룻배가 보였지
노를 젓자
지난여름이 흘러나왔어
팔월의 해변을 걷고 있더군

붉은 사파이어처럼 햇볕 쏟아지는 모래사장에
'사랑해'라고 썼지

갈매기가 끼룩거리는 하늘
파란 바다와 하늘이 맞닿은 색의 행진곡

팔을 벌리지 않았어

얼굴을 들지 않았어
머리를 숙이고 걸었지
눈사람이 된 서로를 바라보며
콧등에 눈송이를 달고

견디는 힘

이틀 사이로
노란 꽃으로 덮였던 은행나무가 가지를 드러낸다
소란스럽던 일상이
군살을 제거한 뼈처럼 단단해진다

이틀 지나고
창문은 한층 가을다워졌고
제라늄은 분홍색을 발했다

머리 위로 떨어지는 은행잎
노란색을 손을 내밀어 받는다
벚꽃을 받던 봄날처럼

동요 한 구절을 불러본다
파란 나라를 보았니
꿈과 사랑이 가득한~
파란 나라

아주 어릴 적

교실 창문 사이로 빛나던
진하고 푸르른 티 없는 하늘빛
파란 마음을 보았니

강변북로에서 차가 멈추다

도로에 갇혔다. 많은 비를 맞아야 한다.

보이는 건, 어두워진 오후가 비를 끌고 간다. 비는 창밖
에서 내려야 했으므로 빗물이 창으로 흐른다. 비를 감을
수 있다면 비는 돌돌 말린 뱀의 형태일까? 비를 팔에 걸고
있으면 편안하게 쉴 수 있을까? 비를 쓰다듬으며 흠씬 젖
은 몸으로 먼저 길 떠난 다른 오후를 쫓는다.

도로를 버리고 물길로 달린다. 파란색은 물이라는 내비
게이션을 따라간다.

차는 회전 고가도로에서 다이빙하듯이 아래로 내달린
다. 사랑은 떠나는 자를 벌써 그리워한다. 그늘져 얼룩진
채 몸부림치는 몸을,

시간은 신의 뜻이라며 바짝 엎드린다. 폭우가 잦아들고
두 갈래 길에서 주춤거리며 비루해진 마음을 빗속에 놓
아버린다.

김홍주

1985년 민중무크지 『새벽들』로 작품 발표 시작. 1989년 계간문예지 『시와 비평』으로 등단. (사)춘천민예총 초대 회장 역임. 현 (사)춘천민예총 회장. 한국작가회의 회원. 시집 『시인의 바늘』 『어머니의 노래에는 도돌이표가 없다』 『흙벽치기』 『내 마음의 빗질』 『세쌍둥이 엄마의 겨울일기』 동시 서평집 『꿈꾸듯 동시에 꽃을 피워요』 등.

비엔 까미노* 1

산티아고 향해 길 걷는 순례자들은
누구나 가슴에 빈터 만들고
나무 한 그루 심는다

길 걸으며 땅을 파고
한 걸음 거름 삭혀
한 걸음마다 물 주고
한 걸음 마음 다스리며
땅의 소리 듣는다

누구나 같이 걸어도
모두 다른 길이다

풀과 나무는 사람 발소리에
위로받고 침묵한다
자연의 상처 살포시 어루만지며
걸음걸음 보듬을 때
우수수 떨리는 낙엽 소리
흔들리는 바람

온 산하가 한 몸이 된다

믿음으로 주고받는
천상의 소리
"비엔 까미노"

그대 안에 다가오는 내가 있다

* Buen Camino. 스페인어로 순례자들 사이 공식 인사말. '좋은 여행이
되길', '너의 앞길에 행운이 가득하길'이라는 의미.

비엔 까미노 2

나를 만날 수 있는 나는
어디쯤 걷고 있을까

억천만겁 긴 시간을 토막 내
한 찰나를 마주하고
다가오는 나를 지나쳐
사라지는 나를 바라보는 나는,

저만큼 걸어가는 뒷모습에서
가슴 뛸 수 있을까
사랑할 수 있을까

자기 이름으로 피어나는 꽃같이
나를 만나고
내 안에서 시든 나

길 위에서 기다리는 너를
기다림이 모두 사라진다 해도
죽을 만큼 사랑하고 싶다

낯선 길 위를 걷는 나는
길 위에서
내 안의 너를 기다리고 있다

비엔 까미노 3

사람이 길이다
길이 사람이다

걷는 것은 물음이고
대답을 들음이다

거칠거나 휘어졌더라도
그 길 살펴 더듬어
다가가는 것이다

패인 물 고인 길이나
모난 돌부리가 솟았더라도

그대 만날 곳이라면
걸음걸음 쌓인 그 길을
침묵으로 길 내고
가슴으로 닦을 일이다

길을 걸으면

길이 나를 알고
나는 길을 안다

비엔 까미노 4

너는 거기 있었는가
바람 부는 길 위에서
기다리던 돈키호테

산티아고데콤포스텔라까지
몰아치는 광풍을 뚫고
쉼 없이 돌아가는 풍차를 보며
저돌적으로

비웃음처럼 쏟아지는 빗줄기는
말굽 소리처럼 달려오고
몰락한 귀족의 벗겨진 투구가
바람에 쏠려가는 라만차 언덕

검댕 뒤덮은 그 길을
두 눈 부릅뜨고
무모한 발굽 소리 들리는 길

어리숙한 순박함이 묻어나는

그 길 걸으며
돈키호테 엉뚱한 상상력이 들풀처럼 돋아
산초 판자와 말 타고 달리고픈

그 길 위의 나는,

약사동 그 깊은 길

고향 떠나 식솔들 첫 사글세 안식처
약사동 단칸방 어스름 부엌 반 평
별이 유난히 크게 보이던 기운 창문
일천구백육십팔 년 이른 봄

어머니는 새끼줄 달린 십구공탄 혹은,
봉지 쌀 사러 덕수네 구멍가게 갈 때
절대 아들을 시키지 않으셨다

환갑 지나 그 언덕길 걸으며
어머니 흔적 찾아 그 길 오르내린다

오르내리고 두리번두리번
사라지고 묻힌 그 길 위에
내가 찾으려는 것은,

어머니도 내 기억도 사라지고
찾은 것은 망대 언덕길
그 깊은 순간들 속에 꽃은 피어

나를 바라보고 있다

와인, 바디감

입안 가득 머금었을 때
세월만큼 진한 묵직함

입술에 닿는 순간
혀끝 적시는 떨림

저녁노을 잔에 스며들고
레드와인 맛과 어우러져
떨리는 숨결,

첫 숨은 달콤하고
이내 퍼져오는 속삭임

레드와인 한잔에
오래 묵은 석룻빛 기억이
나를 위로하고

가슴에 묵은 숯불 피어난다

유정란

(사)춘천민예총문학협회 회원.

노량바다

초겨울 노량의 바다는 붉은빛과 검은빛으로 뜨거웠다
죽은 이들의 넋이 당신 몸속으로 출렁이며 바다가 되었다
바다의 혼령들이 고함치고 울부짖는다
당신도 이 바다를 떠나지 못하여 겨울 봄여름 가을
이 바다를 떠돌겠지
쇠나팔 북소리 물결처럼 들리겠지
바다 위에서 서서히 상해 가는 찢긴 붉은 꽃잎들
담장 아래 물매화 같은 우리 일자 칼 아래 베어지고 뽑
히고
짓이겨져 핏빛 울음이 산하를 덮었다
삶이 죽음의 상처이듯
당신 가슴 아래 선혈들이 모여 떨어지는 육화肉化는
차라리 홀가분하였을지
비루한 죽음들이 내뿜는 비릿한 냄새가 두려워
수백 년 동안 저 바다는 진혼곡을 끝내지 못할 것이다

수순

처음에는 눈꺼풀이 흔들어댔고
긴 혀는 떠들어댔고
치아는 웃어댔고
코는 냄새를 뿜어댔고
마지막은 사방으로 퍼져나가던
말랑한 것들이 손끝에서 떠나갔다
새벽에도 전화기는 울어댔고
맨발로 어두운 강가를 들쑤셔댔고
심장이 저리도록 울어댔고

도마

한밤중 고리에 매달려 신음을 멈추지 않는다

물의 입술에 선뜻 놀라던 몸
칼날이 파고들 때마다 눈물과 몸부림이 다져진다

시뻘건 상처를 버티며
일어나 걸어 나갈 수 없는

신경증 없는 매끄러운 눈빛이 지금은
칼날에 핏발선 몸통

그림으로도 고정될 수도 없는
새들을 불러 모을 수도 없는

적의는 상처가 되고 상처는 또 다른 상처로 아물지

나무 도마에 그려진 무수한 칼금
불투명하게 번져나간다

구간단속

월요일 청바지에 무채색 스웨터를 입는다
화요일 책상 아래 벗어놓은 우울이 잘 맞았다
목요일 유리빌딩 노을 같은
연체된 도서 같은 디-카페인 졸음 같은
금요일 매듭 풀린 형태들이 허공 저편으로 가는 중이므로
오랫동안 사라지는 것들을 바라보고 있었다
다시 들숨 날숨 같은 하루를 밟으며 월요일로 진입한다

부러진 꽃대

오랜만에 헬스장에 가면 트레이너가 좀 더 열심히
나오세요 그러면 몸이 만들어질 텐데요…
해장국집에서 마주친 교수님은 연구 더 해서 박사학위
도 하지 왜 안 해
시인이 된 선배는 언제나 왜 열심히 안 써

빗물에 꽃잎은 떨어져도 향기는 남는다고 하였듯
내가 만든 꽃밭 부러진 꽃대에 바람이 맴돌아 가곤 한다

유태안

(사)강원민예총문학협회장 역임, (사)춘천민예총문학협회 회원. 2009년 강원일보 신춘문예 시 당선. 시집 『은유로 나는 고추잠자리』 『아이러니 염소』 『말의 사다리 오르기』 『몽타주로 만든 공』 2019년 『아이러니 염소』 세종도서 문학나눔 선정.

겨울나기

　봄이 깨워주는 개구리의 겨울잠이 내게도 있었으면 좋
겠다 얘야 밥 먹고 학교 가야지 어머니가 깨워줄 때까지
늘어지게 자고 나면 어느덧 긴 겨울이 다 지나간 거였으
면 좋겠다

　어머니가 아프셔서 걱정이다

수영법

　가만히 힘 빼고 누우면 뜨는데 겁먹고 허우적거려 가라
앉는 물속 생존법

　그걸 배워야 하는 거라는데

　타락한 신을 위해 열심히 입으로 헤엄치며 가라앉는 여
자를 보았다

스위치

　백 세 인생 내리막을 걷던 어느 날 갑자기 걸어갈 날들이 캄캄했습니다

　이젠 칠흑의 밤에도 벽을 더듬지 않을 수 있는 야광 스위치가 있으면, 네가 있으면 좋겠습니다

해석

　문장을 쓴 본인은 정작 읽지 않고 남겨 두었는데 타인
이 읽고 해석해 줍니다 퇴직하고 오랜만에 만난 직장 동
료였습니다 골짜기 깊은 세 줄을 먼저 읽은 것이었을까요
얼굴을 보고 특유의 호탕한 웃음부터 날립니다 딴엔 눈치
로 세월의 쓸쓸함을 읽으셨구나 했는데, 자랑스러운 관록
이 늘었다고 말해 줍니다 중간이 끊긴 미완의 세 줄을 해
석해 준, 그가 매일 낚싯대를 친구 삼아 낚은 윤슬이 조용
히 나에게 밀려왔습니다.

아포리즘aphorism*
— 오늘

1

게임처럼 여러 개의 목숨으로 매번 시작하는 곳이 과거
의 나를 슬퍼하지 않으면 좋겠어?

2

채널을 바꾸는 죽음을 보았다

3

길바닥의 돌이 자리를 지탱하는 힘은 자기 그림자 때문
일 거라는 생각이 왔다 갔다

4

다 따가고 남은 빨간 방울토마토 한 알이 하루의 등에
매달려 시들어가는 시간詩間

5

가려운 등 근처만 헤매고 돌아오는 손 같은 시에게 거
기가 아니라고 화를 내는 머리엔 시가 녹슬어 있다

6

샴푸 통 속의 샴푸 액처럼 스스로 수천 개의 거품을 만들 수는 없어도 삶은 매일 반짝이는 거품이다

7

짧은 시 한 편이 공수拱手하고 앉아 있는 대웅전 앞에서 통통거리며 뛰어다니던 참새가 날아간 숲으로 가는 산책이여

8

노인에겐 안경 같은 시가 아니라 안경을 주면 더 많은 시를 듣게 될 것이다

9

신의 프로그램을 인간이 만든 신형 AI로 교체해 주어야 한다는 주장이 중국산 전기 배터리를 갈아 달고 달리고 있다

10

AI와 로봇이 미래라고 말하는 사람은 그 미래에 없다

11

감자에 싹이 나서 잎이 나서 꽃이 피고 감자 꽈리가 달렸다 감자는 땅속에서 자라고 있다 아무에게도 발설하지 않은 우울의 덩이줄기처럼

* 신조, 원리, 진리 등을 간결하고 압축적인 형식으로 나타낸 짧은 글. 금언(金言), 격언(格言), 경구(警句), 잠언(箴言).

이소원

(사)춘천민예총문학협회 회원.

엄마의 손

거품 사이로
굽은 손마디가 드러났다.
물에 잠긴 손톱 밑에 묻은
밥 짓는 냄새.

나는 그 손등에
살짝 그림자를 포갰다.
금세 사라질 빛 같아서
잠시라도 닮고 싶었다.

저녁 식탁

처진 어깨에
불빛이 앉는다.

식탁 위에 오른
덜 풀린 된장국,
덜 데친 나물.

맛있다고 웃는 당신.

나는 젓가락을 내려놓고
그 웃음을 오래 씹는다.
식탁 위 불빛이
조용히 흔들린다.

저녁 들녘

들깨 털리는 소리에
가을 먼지가 눕는다.

허수아비 어깨에
마른 햇살이 쌓이고

나는 발자국마다
깊어지는 저녁을 밟는다.

이정훈

(사)춘천민예총문학협회 회원. 시집 『다정했던 들판에 빈집이 묻혀 있네』.

디올질

샤넬 두부가 구워져
쓰러져 있다

구찌 막걸리는 거부할 수가 없다

벌컥벌컥
동치미 무 하나
나무랄 데 없는 입생 사이로

에르메스여
노을이 벌겋다

툭툭 털고
봄여름 가을 쉴 새 없이 일해도
넘어갈 수 없는

이랴~
크리스챤 디오르

나를 끌고 가는
이놈의 소

예온이*는 대나무처럼 큰다

입방구가 닫혀있다
대나무 숲을 휘젓던 예온이 어디 갔나
독감에 입이 닫혔구나

힘예온 어디서나 세상 이야기하더니
입 쓴 약 먹고
엄마 품에서 고단한 세상을 듣는다

대나무에 단단한 마디가 돋는 것은
높이 솟는 나무를 받치기 위해
엉덩이에 힘을 주는 것이란다

착예온 입방구를 여는 날
세상은 이야기로 가득 차고
대나무도 죽죽 예온이도 죽죽

울창한 대나무 숲이 시끄러워지면
장터에 마을이 열리고
어느새 큰 예온이 들어선다네

* 2019년생 손자.

전기계량기

가까이 있다는 봄
전기계량기가 먼저 안다

얼음 꽁꽁 빈틈없는 계절
물 한 방울 놓치지 않는 완고함에
계량기는 빙그레 돌고 있는 걸

눈사람이 든 소주병에
눈물이 흐른다
개 오줌에 녹고 있는 눈이란 걸
전봇대는 아는지

고단한 인생 쉬었다 가라
웅웅 울던 변압기에서
전기를 받고
열기를 받고
온기와 고지서를 나누어 주던 전기계량기
봄 짓에 나른해지고 있다

짜릿했던 사랑이 덤덤해지고 있다

늘그 내*

옆집 노인에게서는 그늘 냄새가 난다

때로 밥 냄새가 지나가고
때로 바다 냄새와 짠지 같은 것
호주머니에서 나오는 오래된 사탕의 기억

이발소를 다녀왔다며 박하 냄새가 나면
그늘이 함께 묵고 있는 것이다

인생이란 뚝뚝 떨어지는 것
두 겹 세 겹으로도 스며 나오는 비애를 감출 수 없다면
안개 속으로 들어가 본다

밤이 이슥한 숲속에 벌거벗고
젊은 오수에서 나온
성수를 뿌린다

걷어낼 수 없는 허무를 베고
나는 무엇인지도 모를 하루의 마지막을

잠에 쓸어 넣고 있다
내 그늘*을 덮으며.

지나고 나서도

호텔은 손님이 들고
병원은 환자가 든다

원무과에 방 있냐고
어디가 아픈지 묻기도 전에
전망 좋은 방을 부탁하는 사람
평화에 대한 욕망 막을 수 없다

청진기를 목에 넣고
불룩한 배에 초음파를 발사하면
어떤 문이 열리고 출렁이는 바다가 쏟아진다

마지못한 하루가 공허하게 날리고
모래가 바람을 몰고 사라진다

체크인을 기다리듯
누군가의 체크아웃이 끝나면
면사포가 발끝까지 덮인다

가끔 우리는
지나고 나서도 어딘지 묻고 있다
무덤은 늘 그 자리인데

장은숙

(사)춘천민예총문학협회 회원. 강원작가회의 회원. 시집 『그 여자네 국숫집』

은혼식銀婚式

어제저녁 설거지하며
냄비뚜껑 손잡이를 풀어 씻어 뒀는데
아침에 밥하러 나가니
깔끔하게 조립해 놓은 것이 아닌가

이러다 쌀자루도 옮겨 놓겠네

봉의산 가는 길*

낮술에 잠든 봉의산 신령
넓적다리뼈를 훔쳐 주춧돌 놓고 천년,
날아가는 봉황 날개에서 빠진 깃털로
기둥을 세우고 천년,
보다 못한 석왕사 보살이
천도재 떡을 들고 내려와 지붕을 올렸다

늙은 시마**詩魔 바둑돌 놓는 소리에
소양강 잉어가 첨벙 뛰어오르고
심심하면 물안개가 삼켰다 토해놓는 집

번개시장 만신도 깃대 꺾고 갔다는
주인장이 건네는 곡차 한잔에
전생까지 다 털린 초저녁

그 앞에 느티나무처럼 주저앉아
한 오백 년 늙어버렸다

나는 어디로 가는 길이었을까

밤꽃

고만고만한 삼 남매 영감님께 맡겨두고 서울 가서
식모살이해서 모은 백만 원으로 집을 사서 왔을 때는
입구에 대추나무 한 그루만 휑하니 서 있더란다

이사 온 다음 날 아침밥 하러 나가보니
대추나무 밑에 구렁이 한 마리가 똬리를 틀고 있어
삼 일을 정화수 떠 놓고 비손했더니
터를 내주고 사라졌단다

그해 가을은 유난히 대추가 많이 달려
그 대추 털어 한약방에 내다 판 돈 보태
집으로 들어오는 액운 다 막아준다는
사자 문고리 달린 파란 대문을 해 달았단다

어느 봄에 고사리 꺾으러 뒷산에 올랐다가
큰아들 키만 한 밤나무가 보여 캐 와서는
뒤란에서 삼 년 키워 대추나무 옆에 내다 심었단다

그사이 영감님은 술병이 들어

얼굴이 똥독 오른 것처럼 노랗게 뜨고
배가 산달처럼 불러와 큰 병원에 가니
이미 간이 녹아 손도 못 쓰고 모시고 왔는데
마당에 개가 끙끙거려 방문 열어봤더니
아침에 넣어 준 콩죽 윗목에 밀어두고
혼자 세상 뜨셨더란다

자식들은 아비도 없이 강냉이밥만 먹고도 쑥쑥 자라
이장 아들도 떨어진 춘천고등학교에
큰아들이 호박엿처럼 단박에 붙었을 때
아들이 끄는 자전거에 밤 자루 싣고 십 리 길 걸어서
중앙시장에 내다 판 돈으로 새 교복 사 입혀 오던 그날이
아직도 달밤처럼 환하시다며

파란 대문집 할머니는 오늘도 밤나무 그늘에 나앉아
남은 명을 물레질하고 계시다

민들레 꽃씨

비 오기 전에 깨 순 솎아야 한다며
바람길 밟으며 가셨다

닭갈비 사 드리고
삼악산 케이블카 태워드리고
용돈 몇 푼 가방에 찔러드렸다

그 틈으로 한기 스며 한 사흘 앓았다

엄마 손 잡고 집으로 가고 싶었다

어느 봄날 바람에 실려 와
피붙이 한 명 없는 춘천에 솥단지 걸고
알감자 같은 아이 낳고 살아도
나는 아직도 집으로 돌아가고 싶다

따뜻했던 기억보다 불행했던 추억이
덧발라놓은 꽃무늬 벽지처럼 더께 앉은
그 집으로 돌아가고 싶다

긴 여행 마치고 온 것처럼
벌겋게 녹 꽃 핀 대문을 밀고 들어가
엄마의 간간한 반찬들 펼쳐놓고

집 떠나 서러웠던 이야기 일러바치며
묵은 허기 채우고 싶다

대설

풍물시장 노상에
겹겹이 옷 포개 입은 배추 한 포기
보자기만 한 난전 펼쳐놓고
하늘 향해 흥정 넣는다

얼다가 녹다가 빙점 오르내린 세월

삶은 늘 한뎃잠 자는 것처럼
꿈속에도 서리가 내리고
아무리 껴입어도
뿌리까지 한기 돌았으니

가을에 찧은 하얀 햅쌀 한 됫박은
오늘 사 가야겠다고

소금처럼 쳐 대는 눈발 맞서며
지푸라기 허리끈을 질끈 동여맨다

정클잎

2010년 『시현실』 등단. (사)춘천민예총문학협회 회장 역임. 현재 (사)강원민예총 문학협회장, 삼악시 동인, 빛글문학 초대 회장 역임. 강원여성문학인회 회원. 시 집 『시간이 맥을 짚다』, 『사람이 안주다』.

대상포진 2

검붉은 얼룩은
속이 붉은 생채기의 지문일까

너는 구월의 찔레 가시 같은 소리를 했고
나는 물집이 되었다

끝이 둥근 물집 속에는
말갛게 부푼 속울음이
밤새 꽃 무덤을 만들었다

좁쌀만 한 수포들이 떼를 이루는
맺힌 것이 꽈리처럼 부푼 울음주머니
사무친 것이 양각으로 새겨진 응달의 얼룩

내 속에 울음 한 채 살고 있다

배경이 되는 일

JUNG 카페 테라스 아래
어린 단풍나무 한 그루
누가 저리 붉은 잎으로
대책도 없이 흔들릴까

통유리 창에 새겨진
꽃 그리고 새
누군가는 이 순간 꽃이 되고
또 누군가는 새가 된다

시든 사랑초 이파리처럼
김광석 노래가 흐르고
해피트리 옆 에스프레소 마시는 여인
짙은 크레마 향이 쓰디쓰게 오전을 빠져나간다

뻣뻣한 뒷목 같은 시간을 드립 하는 사이
통유리창에 반쯤 걸린 낮달이
사월의 궤도를 벗어나고 있다

공황

안개 폭풍 속으로 걸어간 적 있다

아슬아슬 안개의 허리춤을 붙들고
투명과 불투명 사이를 건널 때

새벽의 박동은 들쑥날쑥 뛰고
이리저리 돌아누운 생각들이 뒤척여
날마다 무채색 불면을 한입에 털어 넣었다

불안은 계절을 타는 것인지
무표정한 팔월의 말투가 더 뭉툭해져
구월로 가는 동안
생기 없는 날들이 노랗게 말라갔다

목이 늘어난 슬픔을 가을 외투처럼 껴입고
철 지난 우울을 미간까지 눌러쓰고
무릎까지 차오른 소용돌이를 지나쳐
비로소 릴렉스 온 한 알을 삼켰다

알 수 없는 까닭에 눈물이 나는 것도
어쩜 다 이유가 있다며
처서의 풀벌레 소리를 들뜬 울음이라
공감해 준 당신이 있어

이제 뽀송뽀송한 안개꽃 서정을 사기로 한다

기억을 걷는 대장간

아득한 시간의 숨소리가
화덕 속으로 사라진 지 오래다

삶의 모서리에서 흔들릴 때마다
달궈진 쇳덩이는 모루 위에 누워
뼈 없는 날을 세운다

삼대에 걸쳐 가업을 잇는 소양 대장간 송씨
마술에 걸린 듯 매일 허공을 매질하며
영혼을 두드리고 있다
두드릴수록 날이 서는 깊이를 깨닫기까지
꿈의 방향을 잃은 적 어디 한두 번이었으랴

화덕을 옆구리에 끼고 살아도
제대로 된 장밋빛 온도 하나 맞추기 힘들다고
불의 발원지를 찾아 샛길을 고집하기도 했다

대를 물려받는 일은 핏속을 흐르는 강과 같아서
대장간의 내력은 괭이처럼 구부정해 갔다

기억의 껍질 속으로 길을 내는 대장장이 송씨
달궈진 무쇠에 불타는 소리 듣다 보면
그 소리의 긴 통로 끝에서
구부정한 아버지의 시간이 걸어 나온다

오래된 오늘을 걷다
— 박순희 사진전에서

그녀의 앵글 안에선 모두 가슴 뛰는 풍경이 된다

보스포루스 짙푸른 해협
전통시장 붉은 카펫, 빛바랜 회색 담벼락
사라진 것들과 사라질 것들이
소곤소곤 귓속말을 걸어오는 순간
원색으로 붉게 물드는 그녀가 있다

낯선 골목과 간판
이방의 말들이 암호처럼 오가는 이스탄불 골목에서
빛바랜 시간의 무늬를 찍는 그녀
취객처럼 색에 취해 셔터를 누르고 있다
렌즈 속 그녀의 세상은
오래된 풍경도 오늘이 된다

카메라를 메고 떠나는 일은
시간의 흔적을 찾아 생의 배경이 되는 일

바람의 방향이 바뀔 때마다

바람의 방향을 드로잉하는 그녀

그녀의 표정에 바람이 분다

정현우

양구 출생으로 1995년 풀잎 동인 시집에 시를 발표하며 글쓰기 시작. 시집 『새들은 죄가 없다』 『초승달 발톱꼬리왈라비』 산문집 『물병자리 몽상가』 외 다수.

김유정역
— 첫사랑

시월이 끝나는 날
오후 네 시
그리움의 그림자가
가장 길어진다는 비밀
너에게 말하고 싶어
종종 나는 역에 나와
지나간 기차를 기다린다

밤눈

가로등 밑으로 모여드는
하얗게 지워진 기억들

모래시계

시간은 가는 게 아니라 쌓이는 거다

비구

더위를 피해 찾아간
백담사 계곡
물이 너무 맑아
발을 못 담갔다

너무 맑아 돌아선
젊은 날의 사랑

보살

그늘을 내준 나무
더위를 피할 그늘이 없다

제갈양

(사)춘천민예총문학협회 회원. 시문 동인. 우리詩 회원.

꽃들에게 묻다

너희는 왜 그리 고운 것이냐
무엇이 좋아 마냥 해사하게 웃느냐

대뜸 꽃 싸대기 맞았다

폭염 아래 날마다 말라가는 몸 끌어안고
고개 쳐들고 버티는 중이라고
어둑한 땅 밑 얼어가는 뿌리들 보듬으며
싸늘한 한숨 몰아쉬는 중이라고

웃어도 웃는 게 아니었구나
다음 생을 향해 여름이고 겨울이고
맹렬히 견뎌내는 것이었구나

꽃 핀 듯 미소만 환하시던 어머니처럼

꽃시 읽는 시간

아이들과 꽃시를 읽고 있었지요
먼 그늘 속 시든 풀 같은 아이가
맨 처음으로 입을 뗐어요

풀과 꽃은 어떻게 다른가요
갑작스러운 질문에 잠시 설레었지요

생존 전략의 차이가 아닐까요
꽃이 스스로 두드러지길 바랐다면
풀은 존재를 숨기는 걸 선택한 거지요

내 건조한 답변에 아이가 묻습니다
그럼, 저희는 풀인가요
아직 피지 않은 꽃인가요

상쾌한 그 물음의 답을 생각하는데
창밖에서 산들바람이 불어왔지요
거기에도 꽃이 피고 풀이 흔들렸어요

아이들에게서 풀향기가 번졌어요
자리마다 환한 꽃들이 피어났어요

다행이다

엊그제 보고 오늘 또 만나
저간의 일들 시시콜콜 나누며
그래, 다행이다

딱히 위로랄 것 없이
변변치 못해 외려 수줍게
이만하길 다행이다

무심한 듯 밋밋하게
눈 맞춰 고개를 끄덕이며
그랬구나, 다행이다

시린 구들장 같은 날들
작은 불쏘시개 하나 얹어 지피는
은근하고 사소한 안부

참, 다행이다!

장독대

밤새 시린 눈이 내려
몸피 올망졸망한 옹기들
하얗게 얼어붙었다

바람 찬 허공 한가운데에
새빨갛게 떨며 매달린
감나무 잎 몇
슬며시 내려앉아 껴안는다

긴 겨울밤 귀퉁이를
뜬눈으로 지킨 햇살 한 줌
졸린 눈 비비며 부스스 일어나
가만가만 쓰다듬는다

추운 것들끼리 기대어
애틋하게 발효되는 아침이다

꽃밥

누군가 슬픔을 녹여 꽃밥을 지었다

그 눅진한 밥상 앞에서 한 술도 뜨지 못한 채
그저 물끄러미 바라만 보다가
밥알 몇 개 입에 넣으니
쓰고 시고 짠 것들이 녹아나는데

그것들이 섞여 달달해진다는 것을
날마다 밥상을 받으면서도 몰랐네

조현정

(사)강원민예총문학협회·춘천민예총문학협회 회장 역임. (사)춘천민예총문학협회 회원. 강원작가회의 회원. 2021년 강원문화예술상 수상. 시집 『별다방 미쓰리』, 『그대, 느린 눈으로 오시네』. 김유정문학촌 제2회 실레작가상 수상.

왜를 지우면

넋 놓고 길가에 앉아
묻는다

왜 살지?
이렇게 힘든데
왜 살지?

길을 묻는 그대에게

왜가 문제였어

보낼까?

그게 좋겠어

일단 왜를 보내고 나면

살지
이렇게 힘든데

살지

선자 고모

학예회 무대
앉은 이들 뒤에 서 있던
눈망울 한 줌

내 쪽으로 떨어지고, 툭

잘했다
잘했다
풀잎 흔들리듯 섰던 고모

마을 끝 정거장까지 나와
내 등을 토닥여주던 손
첫 버스를 태워주며
길을 열어 주던 날의 약속

고모가 안 보이고도 오래

그녀의 죽음은
헛소문일 거라 믿었다

지나간 어느 겨울 귀퉁이
천국이라는 말로
내 생의 언덕에 피어 있던

한 사람

쌍둥이 이모

큰 년과 작은 년으로 불리던 두 여자

계모인 외할머니가 이름 대신 부르던 호칭에
외갓집 공기는 늘 무겁게 눌려 있었다

효자동 과학관 앞 놀이터
식구들 저녁 차릴 시간까지만
그네를 밀며 놀아주던 이모 원숙

후평동 작은 골방
이사도라*를 보여주며 반짝거리다가도
이내 눈을 감아버리던 이모 정숙

나중 들어 안 일이지만
막장 같은 치정도 사랑이라고
그 사랑에 목숨 건 외삼촌의 죽음을 받아 들고
외할머니가 건너던 생의 다리
그만 거기서 끊겼을 것이다

그녀들이 잘 산다는 소식이 들렸다

원숙하고
정숙하게

새들처럼 이름 따라 살고 있더라고

* 와타나베마사토의 순정만화에 나오는 막장 드라마 속 악녀 캐릭터.

고부姑婦

뒷산에 봄꽃이 지천으로 피었길래
이산 저산 뛰어다니다가
진달래꽃 꺾어다 화병에 꽂았네

우리 어머닌
아휴, 이쁘기도 해라 꽃내음 맡으시는데
우리 할머닌
저만 보겠다고 그걸 꺾었느냐 혼을 내시네

비야비야 오지 마라
해야해야 어서 나와
잠 못 들던 소풍 전야 어김없이 비는 내리고

우리 어머닌
메론맛 샤베트로 달래 주시는데
우리 할머닌
동치미 국물에 밥이나 먹으라 하시네

호랑이 할머니 먼저 귀천하시고

곱디곱던 우리 어머니 그 연세 되셨네

뒷산 까마귀 날아드는 날
훠어이 훠어이 저리 가라 소리치시는데
아이구, 깜짝이야
우리 할머닌 줄 알았네

어떤 울음을 듣다가

나 들으라고
귀를 잡아당기는 울음

가족사진이 다 타버렸다고
우리가 같이 있던 명절이 다 타버렸다고
운다

사진은 사라졌고
사진 없는 울음만 남았다

체육관 천막 마을 노인들
사는 게,
사는 게 욕이라고
울고 우는 일이라고
울지 않는 울음으로 시린 눈 비비는데

나는
귓속이 미친 듯이 가렵다
누가 몰래 욕을 하나

최관용

1991년 『작가세계』 시로 등단. (사)춘천민예총문학협회 회원. 서면문인회 회원.
시집 『아빠는 밥빠 그래서 나빠』.

능소화

폐경기의 나무 의자 위에 걸쳐져 태엽이 풀린 물처럼 축 늘어진 詩계가 립스틱 짙게 바른 소음순 크게 벌이며 하품을 하고 있다.

꽃호박

　자다 말고 아닌 밤중에 홍두깨로 벌떡(밤중에 웬 떡?)
일어나 달빛으로 아닌 밤중에 봉창 두드리던 지붕 위에
꽃호박 그림의 떡을 컹컹컹 닭 쫓던 개처럼 본다.

풍선껌

내가 좋냐는 말에
이모티콘 달님이
무슨 말 하려나 기다렸는데
배를 커다랗게 더 크게
아주 크게 부풀리는
황소개구리처럼 점점
크게 아주 크게 더 크게
말풍선을 부풀리다가
펑~ 터뜨리고 다시 내 말을
껌으로 짝짝짝 씹는다.

할리우드 스타

온몸이 무기인
스타플레이어에게
신의 손이 있듯
온몸이 성감대인
詩뮬레이션 시인에겐
천금의 페널티로
골망을 출렁이게 하는
개詩발이 있다. 변방에서
별만 보는 별 볼 일 없는
詩발놈이라지만
똥볼만 차는 개詩발이라지만
과詩와 착詩로 우쭐대는
자칭 할리우드 스타.
쓸데없이 커서 가게에 잘 없고
양키詩장 가야 어쩌다 찾는
쓰리 엑스의 신발
(신의 손은 아니지만)
반칙왕의 거詩기를
조심하詩라.

안개

등 뒤에서 귀찮게
장난을 걸며
자꾸 치받는다.
손으로 떠밀며
저리 비켜
개데끼야 하는데.
난 개새끼 아냐아냐.
염소인데女어.
메헤헤. 이놈아.
난 으르렁 아냐아.
하며 뿔로 받는다.

탁운우

2012년 『시현실』로 등단. 2011년 『스토리문학』 신인상. (사)춘천민예총문학협회
회장 역임. 빛글문학 동인. 강원이주여성상담소장. 시집 『혜화동 5번지』.

그늘의 서사

미술치료 시간
물빛 위로 반사된 노란 햇빛을 그린다
빛의 중심에 있는 아버지
움켜쥔 기운이 이마 위에서 풀린다
녹슨 힘줄 사이로 보이는 그물이 걸린 창고
먼지, 먼지.

누운 아버지를 두고
어머니는 지붕의 기울기를 계산한다
각도를 바꾸면
비를 피할 수도 있다고 생각한다

어머니는 오늘도 배를 끌고 나갔을까
강 한가운데 밭에서는 토마토가 자란다
나와 동생이
아버지의 등을 밀며 만든 밭

나는 매일 그늘을 걷는다
아버지가 그물을 걷던 것처럼

그늘을 말리고
내 안에 남은 물기를 덜어낸다
하늘의 너비를 잰다
이곳에
내 하늘을 만들 것이다

잊을 만하면 아침이 오고
사람들은 정해진 속도로
어디론가 흘러간다

나는
낯선 곳에서
낯설지 않은 척
살아갈 예정이다

미술치료가 끝났다
집으로 돌아간다

레몬그라스가 자라는 성산

스카이라인처럼 고속도로가 공중에 떠 있는 성산
건널목을 지난다

오래전, 한 사람의 초대를 받고 가던 길
은수와 꽃을 사고 읍내에서 택시를 탔다
흰 백합과 엔젤을 들고 서 있던 은수
그 흰 블라우스 위로
노란 꽃가루가 우수수 흩날렸다

서른이 넘어 아이가 초등학교에 다닐 무렵
은수가 전해주던 그분의 부음
건너편 산에 눈이 쌓이던 겨울
나는 알 수 없는 이유로
장례식에 가지 못했다
은수는 조의금을 들고
이 도로를 지났을까
어째서 나는 함께하지 못했을까

K의 마당, 귀퉁이에 바랭이풀이 돋아 있다

"이게 뭐예요?"
"베트남에서 자라는 레몬그라스예요.
우리 집 마당에서 엄마가 키우던 채소예요."

K가 줄기를 잘라 건네며 말한다
"비벼 보세요."

잎을 찢어 손바닥에 비비자
민트 향이 스민다
"레몬그라스예요.
어머니는 요리마다 이걸 넣었어요."

우리도 요리마다 파를 넣는다

레몬그라스가 자라는 성산을 지난다

흰 꽃잎 우수수 날리겠다

소송을 끝내고 돌아오는 길

하, 젊은 게 어떻게 백로처럼 살겠노

그녀의 등을 쓸어주며 시고모가 했던 말

제 인생에 무지개는 없어요. 통째로 뽑혀 돌아가야 한
대도 제 잘못인 걸요

양육권을 다투는 소송에서 유효한 쟁점은 허물의 기록
하롱강가에서 그물을 고르던 남자가 오늘의 유책

시고모가 다시 그녀의 등을 쓸어내렸다

하, 젊은 게 어떻게 백로처럼 살겠노

엄마가 보기 싫다며 카랑카랑 울어대던 아이
목련나무 뒤에서 손을 흔든다

"잠깐만요, 잠깐만."

그녀가 까만 비닐봉지를 풀어 손때 묻은 털장갑을 꺼냈다

"우리 K, 추우면 손부터 얼어요."

다시 봄이 오면 저 작은 손끝에서 흰 꽃잎 우수수 날리
겠다

아비투스*적 곤란

곤란해.

문장의 가벼움은
공기처럼 흩날리면서도
법전 같은 낭독의 무게를 지닌다

누가 곤란한가

너도 아니고 나도 아닌
그러나 결국 너이면서 나인 우리는
곤란의 화살을 맞는다

세상 전체가 곤란한 듯 말하는 사람들
세상을 배경으로 무사함을 지켜내는 족속
그들의 변명은 뻔뻔했으나
늘 유효했고
빠르게 처리되었다

우리는 그것들을

친절하게 아비투스라 불러준다

주어 없는 그의 곤란을 받아 적는다
나 또한 주어를 지운 채
공기 방울보다 한결 가볍게 답한다

— 곤란하군요.

* Habitus. 프랑스 사회학자 피에르 부르디외(Pierre Bourdieu)가 사용한 개념으로, 개인의 선택과 행동을 규정하는 무의식적 습관, 태도, 취향 등을 뜻한다. 특히 권력과 계급의 질서를 자연스럽게 재생산하는 사회적 성향을 지칭한다.

그리고 여름

기억은 눌려 얇아지고
손목의 피는 비워지고

건너 숲, 풋밤이 떨어진다

돛을 세우던 날들
바람은 충분했고
감당하지 못한 건 무게였다

그날을 적었다가 지웠다
마루 끝, 큰 새 한 마리
여름을 통째로 들어 올려
다른 세상으로 건너가던 장면

말보다 먼저 남은 건
깃의 미세한 떨림과
문장 밖으로 흔들리던 그림자

나는 이제

겹겹의 말을 벌려
숨을 들이고
떨어짐을 놓아주며
돛을 접는다

너의 이름은 쓰지 않는다
얇은 빛이 등줄기를 따라 흐르고
그 뒤로 고요가 길다

(사)춘천민예총문학협회

시문 동인 6집

오래된 오늘을 걷다

1판 1쇄 발행	2025년 9월 30일
지은이	시문 동인
발행인	윤미소
발행처	(주)달아실출판사
책임편집	박제영
편집위원	김선순, 이나래
기획위원	박정대, 이홍섭, 전윤호
디자인	전부다
법률자문	김용진, 이종진
주소	강원도 춘천시 춘천로 257, 2층
전화	033-241-7661
팩스	033-241-7662
이메일	dalasilmoongo@naver.com
출판등록	2016년 12월 30일 제494호

ⓒ 시문 동인, 2025

ISBN 979-11-7207-077-9 03810

이 책의 판권은 지은이와 (주)달아실출판사에 있습니다. 양측의 동의 없는
무단 전재 및 복제를 금합니다.

* 잘못된 책은 구입한 곳에서 바꿔드립니다.
* 책값은 뒤표지에 표시되어 있습니다.
* 이 시집은 2025년 춘천문화재단 후원으로 제작되었습니다.